Jorinde und Joringel II.

Die Tür in die Märchenwelt öffnet sich

Ich war etwa fünf Jahre alt, als mich einmal unterwegs zum Altar Bischof Josef Hlouch am Kopf streichelte. Der Bischof starb ein Jahr später im Rufe der Heiligkeit. Kardinal Meisner sagte von ihm in einem Gespräch, er sei ein Diener Gottes gewesen. Durch das Auferlegen der Hände werden Priester geweiht. Dies war sicherlich nicht der Fall, aber... Alles im Leben hat ja einen Sinn, geschweige denn so etwas!
Ich führe darauf mein Märchenschreiben zurück. Oder doch nicht? Auf jeden Fall, so oder so, Jorinde, Joringel, die schöne Venezia, der heilige Amor, der Minnesänger Heinrich und viele andere freuen sich schon auf Euch, liebe LeserInnen!

Jiří Sláma

Jorinde und Joringel II.

Es grimmt wieder

Bilder: Jitka Hejduková

Cover-Bild: Petra Holcakova

Herstellung und Verlag: Books on Demand GmbH, Norderstedt
ISBN 3-8334-0890-1

„....until we help him...“
„....solange wir ihm nicht helfen...“
Seamus Heaney: Lightenings-VIII
(Seeing Things, 1991)

Inhalt

In tiefen Wäldern um das gräfliche Schloss lief seit langer, langer Zeit eine geheimnisvolle weisse Stute um. Sie hatte schöne sprechende Augen mit seltsam menschlichem Blick und jedem, der ihr begegnete, ging es so, dass er am liebsten mit ihr bleiben würde. aber Eva – alle nannten sie so – ist immer gleich in den Wald geflohen, als würde sie sich für etwas schämen. Kürz und bündig, sie war ein Rätsel für alle. Unterhalb des gräflichen Schlosses lag das Dorf Buchholz, dessen Schultheiss Josef mit dem Grafen eng befreundet war, da dieser seine Lebensweisheit und natürliche Intelligenz zu schätzen wusste. Jedes Mal, wenn er unterwegs war, machte er bei ihm Halt. Und immer, wenn im Dorf Kirmes gefeiert wurde, schickte seine Frau am Vorabend Gebäck auf das Schloss. Morgen kamen zwei Kutschen, in der einen der Graf, in der andern die Gräfin. Nach dem Mittagessen sprach die Gräfin mit der Bäuerin im Nebenraum. Dann setzte sich der Graf ans Piano, und spielte ein Menuet. Der Schultheiss tanzte mit der Gräfin. Dann wurde gewechselt, der Schultheiss spielte und der Graf tanzte mit der Bäuerin.

Es war so auch an jenem schicksalhaften Tag. Die Gesellschaft setzte sich nach dem Tanz zu Tisch, und es wurde über alles mögliche gesprochen. Schliesslich kam die Sprache auf Eva. „Man sagt, der Herr Bibliothekar habe in der Schlossbibliothek etwas über Eva entdeckt," fragte der Schultheiss. „Ja, das stimmt" bejahte Herr Graf seine Frage. „Am Seitenrand eines alten Manuskriptes, dessen Original von einem gewissen Einhard stammt, und welches vom Leben Kaiser Karls des Grossen erzählt, hat mein

Freund Hildigern vor kurzem eine interessante Anmerkung gefunden. Es bezieht sich offenbar auf das erwähnte Wesen. Die ersten Verse sind in der alten Sprache verfasst, der Rest ist Latein. Ich schreib 's für Euch. „Johann! Ein Stück Papier und eine Feder!"

Westana ostar
ostana westar
currit Eva domina
sicut stella pristina

„Also 'Vom Westen gen Osten, vom Osten gen Westen läuft die Frau Eva, wie ein Stern von einst.' Interessant, nicht wahr? Auch ich bin ihr einmal begegnet, es sind schon dreissig Jahre her, da kannte ich noch meine Eleonore nicht," blickte er liebevoll auf seine Gemahlin. „Wir spazierten mit Präzeptor Hildigern am Ende der Allee, dort, wo schon der Wald beginnt, und wiederholten lateinische Vokabeln. Auf einmal stand sie vor uns da. Der arme Hildigern erschrak und wollte sie wegjagen. Ich aber hielt ihn zurück. Sie hatte so viel Licht in ihren Augen! Nach einer Weile senkte sie den Kopf und ist traurig wieder in den Wald zurück. Als ich Hildigern später für sein

Benehmen tadelte, wehrte er sich damit, dass Pferde einem auch Schäden zufügen können, einer hat sogar den grossen Kaiser Karl zu Boden gestürzt. „Das wäre ein Pferd für unsere kleine Henriette," fügte die Gräfin hinzu. „Eleonore, es ist nicht gut, mit solchen Sachen zu spielen," konterte der Gatte. „Wer weiss schon, wer sie eigentlich ist." Da meldete sich der Sohn des Schultheisses, Grimold, laut zu Wort. „Es ist eine verzauberte Prinzessin. Ich werde sie befreien!" Alle schüttelten den Kopf und die Gräfin sprach: „Merkwürdig!" Dann kamen bald die Kutschen, und die Obrigkeit kehrte auf das Schloss zurück. Alle im Dorf und auf dem Schloss schliefen ruhig ein. Nur Grimold nicht.

Am andern Morgen spielte sich in der Nähe des Schlosses die folgende Szene ab: Es kommt ein Mensch auf dem Esel auf das Schloss zu. Er ist fröhlich und singt ein altes Liebeslied. Er beunruhigt niemanden, am wenigsten die Menschen auf dem Schloss, die von seiner Ankunft noch gar nichts wissen. Nur zwei Wildenten auf dem Flussufer werden wach, wenn er näher kommt. Es sind, genau genommen, ein Herrchen und ein Frauchen. Sie beobachten ihn aufmerksam und auf einmal erhebt sich die Ente in die Luft, fliegt rasch vor den Esel weg und lässt einen Haselnusszweig auf die Erde fallen. Der Esel bleibt stehen, und es liegt am Menschen, mit dem kleinen Zwischenfall fertig zu werden. Heinrich, der fahrende Sänger, steigt vom Tier herab, hebt den Zweig, und steckt es hin in die Tasche.

Es habe nicht lange gedauert, und er erreichte das gräfliche Schloss. Nach der Befragung, wer er sei und weshalb er komme, wurde ihm eine Bleibe zugewiesen und eine Einladung zum Mittagessen erteilt, mit der Bemerkung, er werde dabei die Gelegenheit haben, sein Können unter Beweis zu stellen. Der Graf, die Gräfin, ihr kleines Töchterlein Henriette, der Direktor, der Bibliothekar, Knechte und Mägde, alle versammelten sich im grossen Speiseraum. Die Mahlzeit war köstlich. Nach dem Essen sollte der Sänger auf Geheiss des Grafen etwas vortragen. Er sang einige seiner Lieder und erntete einen grossen Beifall. „Bleibe, wie lange du willst,"äusserte sich der Graf. „Einen solchen Künstler hatten wir da lange nicht mehr." Beim Wein knackerte der Minnesänger die Nuss.

Aber welch eine Überraschung! Es war keine herkömmliche Nuss, sondern eine mit der Botschaft. Von wem, das sollte noch einige Zeit ein Geheimnis bleiben. Auf blauem Tuch standen rote Buchstaben:

Sicut stella pellegrina,
sicut stella dies natalis.
Si eam liberare vis,
novem dies is.

Nach eingehendem Studium konnte es der greise Hildigern ins Deutsche übertragen : „Wie ein wandernder Stern, wie ein Weihnachtsstern. Willst du sie befreien, du sollst drei Tage gehen."

„Das ist sicher für Grimold bestimmt!Hat er doch gestern gesagt, dass er Eva befreien wird!" rief die kleine Henriette. Gesagt – getan. Gleich am Nachmittag, beim nächsten Ausritt in die Umgebung . In der Nacht konnte dann Grimold wieder nicht einschlafen. Almählich reifte in ihm der innige Entschluss, dieser Aufforderung gerecht zu werden und als Mann zu stehen im Kampfe des Lebens.

Morgen, wenn die Hähne krähten, machte sich Grimold auf den Weg. Er ging, wohin ihn seine Schritte trugen, im festen Vertrauen darauf, der liebe Gott wird schon seine Schritte lenken, wie er es schon immer getan hat. Es war schön frisch, es wehte ein milder Wind, und die Morgenröte schmückte das Firmament. Dann erlosch die Morgenröte, die Sonne stand plötzlich hoch auf dem Himmel, die Wiesen dufteten sanft und die Lerche sang ihr Lied. „Hei, willst du mit?" Ein Bauer sprach zu ihm von seinem Wagen. „Ich fahre zum Markt."Der Wagen bot Platz genug, er konnte mit der Bäuerin plaudern, und in ein paar Stunden waren sie an Ort und Stelle. Er half beim Auspacken und unternahm einen Spaziergang durch die Stadt, die er nicht kannte. Zu Mittag ass er in einem Gasthaus, es wimmelte von Leuten, die zum Markt gekommen waren. Bei einem Krug Weizenbier dachte er über seine Reise nach. Das Denken tut bekanntlich weh, und diesmal war es besonders gravierend. Aus seinen Überlegungen weckte ihn eine fröhliche Stimme. Ein fahrender Sänger mit der Mandoline stand vor ihm. „Hallo Grimold, hast du Platz für mich?" „Sicher. Ihr kennt mich?" „Nur vom Erzählen.Habe von dir und deiner Reise auf dem Schloss gehört.Ich heisse Heinrich und werde mit dir gehen, soweit du es mir erlaubst.Ich habe einige Erfahrungen auf meinen Reisen gesammelt, vielleicht kann ich dir nützlich sein." Weiter gingen sie schon zu zweit. Der Sänger sang seine Lieder, und wurde reich dafür beschenkt. Beide hatten so genug Geld für das Essen. Gegen Abend, als es schon dämmerte, kamen sie zu einem Bauernhof. Der Wirt liess unsere Wanderer im Stall übernachten, aber auch dafür waren ihm die beiden dankbar. Nach dem unbequemen Quartier waren beide irgendwie gelähmt und kein Wunder, dass sie an dem Tag keine grosse Strecke hinter sich gelassen haben. Beide fühlten, sie brauchen eine Pause. Es kam ihnen deshalb sehr gelegen, als ihnen in der kleinen Stadt, wohin sie kamen, eine Frau, mit der sie in einem Laden ins Gespräch gerieten, Nachtlager bot. Die Frau, vor kurzem verwitwet, war sehr gesprächig und erzählte ihnen die Geschichte ihrer Familie. Auf einmal befanden sie sich im Hause eines Helden.

Ihr Schwiegervater stammte aus einem fernen Lande und war adeliger Abstammung. Infolge der Wirren in seiner Heimat musste er sein Vateland verlassen und in die Fremde ziehen. Oft sang er ein trauriges Lied von den Wegen, von jenem ins Ungewisse, vom Traurigsein und dem Nebel vor sich. Nach einiger Zeit, als seine neue Heimat von Feinden und ihren Verbündeten in eigenem Land angegriffen wurde, schaltete er sich in bewaffneten Widerstand gegen die Aggresoren ein, und bezahlte das mit einer Verletzung und mehrjährigem Kerker. Nachdem der siegreiche Friede wieder in das Land zurückkehrte, nahm er wieder seine

Arbeit auf. Im Haus hingen an den Wänden seine traumartigen Bilder, und die gute Gastgeberin zeigte den beiden auch die Stelle an der Wand, wo früher die Tür in sein Zimmer führte. Nach seinem Tode traten sie das Zimmer an die Nachbarn ab, da die Wohnung für sie zu gross wäre. Durch die Stadt floss ein breiter Fluss, welcher einen Reisetag in Richtung Süden in einen anderen, noch grösseren, mündete. Die nette Gastgeberin erzählte den Wanderern, dass sie zur Zeit, als ihr späterer Ehemann um sie warb, nicht gewohnt war, von Männern Blumen anzunehmen, und er warf aus Trotz den Strauss ins Wasser. „Vielleicht nahm ihn eine Flussfee für sich,"sprach Grimold, und erntete damit eine strafenden Blick. Sie blieben bei ihr fünf Tage, und würden gerne noch länger blieben, nur wussten sie zu gut, dass es nicht möglich war. Die Aufgabe, die sie auf sich nahmen, konnte nicht warten. Und so machten sie sich auf den Weg. Links gingen sie an einer Burgruine vorbei, wo vor einigen Jahrzehnten ein Bauer einen Schatz gesucht haben soll Fand aber nichts, und war gezwungen, damit er den seinen Arbeitern den Lohn zahlen kann, einen Esel zu verkaufen.Dann sahen sie kurze Zeit ein hohes Gebirge, so hoch, dass oben auf den Gipfeln der Schnee glänzte. Ihre Reise setzten sie dann Richtung Süden fort.

Sie begegneten einem Minnesänger, und Heinrich sang drei Stunden lang seine Lieder dem Fremden, und dieser wiederum sang drei Stunden seine Lieder für Heinrich. Der fremde Sänger, welcher nicht seinen Namen preisgeben wollte, sang von einer schönen und sanftmütigen Königin aus alten Zeiten, der Schönsten aller Frauen, die unbeachtet immer wieder zurückkommt und heisst in jeder Generation ihre „Thronfolgerin" willkommen. Weiter sang er von einer

Stadt auf dem Wasser, durch deren Strassen Liebespaare auf Booten fahren. Das letzte Lied sang er von den Königen Hengist und Horsa, die ihre Völker bei der Besetzung des grossen Eilandes in der Wendelsee anführten.

„Wo haben sie das Lied gehört?" staunte Grimold. „Weiss ich selber nicht. Es gefällt Euch?" Dann trennten sich ihre Wege. Der Weg führte unsere Freunde durch ein Tiefland und sie konnten eine grosse Strecke zurücklegen. Sie fühlten sich glücklich und stark. In einem kleinen Imbiss beim Weg bot der Verkäufer frische Fische an, was sie ahnen liess, der Strom sei nicht mehr weit, noch ein Rast in einem kleinen Hain beim Weg, und sie konnten schon die starke und wilde Strömung des Flusses sehen. Die Fähre ist soeben von der Anlegestelle zu anderem Ufer hin. An der Anlegestelle stand ein Haus, vom Schornstein ging der Rauch und oberhalb der Haustür lockte die Wanderer das grosse Schild:

Sieglind´s Taverne

Der Wirt schaute sich gerade vor dem Eingang nach Gästen um. Er rannte gleich zu ihnen.Halb zog er sie, halb sanken sie aus freiem Entschluss, da sie recht hungrig waren, hinein. „Sieglind, wir haben Gäste!"rief der Wirt. Es spllte sich bald zeigen, dass noch von jemandem anderem erwartet wurden. Durch die halbgeöffnete Tür warfen sie einen Blick in die Küche. Auf Steinplatten wurden dort Fische gebraten.Der Wirt fragte, was die Herrschaften wünschen, die Auswahl war nicht gross, zum Essen gab´s nur Fische, Kartoffeln und Gemüse. Grimold bestellte einen gebratenen Fisch, Heinrich nur gebratene Kartoffeln, dazu beide Bier.Sie hörten noch den Wirt, wie er es seiner Frau sagt und wie sie sich ans Werk macht. Bald kam sie – oder, besser gesagt - sie glaubten, dass sie es sei, und brachte den beiden die Gerichte. Eine hohe schlanke wunderschöne Frau, die zu diesem Milieu offensichtlich nicht passte. Sie war ganz weiss gekleidet, blondes Haar zusammengeknüpft, uns es war, als ob herkämen Lichtstrahlen von ihr. Ihre Schuhe waren kleinen Schiffen ähnlich. Sie wünschte ihnen guten Appetit und ging rasch ihre Wege. Merkwürdigerweise nicht in die Küche, sondern zum Fluss hinaus. „Sie hat noch Arbeit draussen," meinte Grimold. „Hast du gesehen, wie schön sie ist? So eine suche ich," sprach Heinrich. „Mensch, da ist was!" rief Grimold. In der Hand hielt er ein rosafarbiges Etui, in Form einer Blume. Heinrich nahm die Büchse in die Hand und öffnete sie. „Ein Stück Pergament. Es ist Latein. Ich versuche es zu lesen." Es kam der Wirt und brachte das bestellte Essen. Die Tat, dass sie mitgebrachte Gerichte konsumieren, brachte ihn in grösste Verwirrung. Er holte die Wirtin und die Lage unserer Wanderer spitzte sich dramatisch zu. Es half kein Erklären. Es wurde zu einer dummen Ausrede abgestempelt. Erst als sie versprachen, dass Essen zu Essen, und bestellten dazu noch einen Krug Wein, wurden die Handgreiflichkeiten endgültig abgewährt und die beiden Bewirtenden gaben sich zufrieden. „So eine! Wer kann sie gewesen sein?"rätselte Heinrich, als sie wieder draussen waren. „Würde mich auch interessieren," gestand Grimold. Sie bestiegen eineFähre, die wieder vor der Abfart stand. Mitten im Fluss kamen sie wieder auf das Etui zurück. Es stand dort, Rot auf Weiss:

In valle amoris,
anuli aurorae
Erae equae salus,
ex Solis rore.

„Im Tal der Liebe, Ringe der Morgeröte der Stute Eva das
Heil, kraft des Sonnentaus. „Mensch, das ist was!"staunte
Grimold."Wir werden sicher noch viel Spannendes erle-
ben." Wer kann sie nur gewesen sein?" dachte der Sänger
laut über die strahlende Frau nach. „Ich muss sie finden.
Sie wird zu meiner Muse! "
Die Fähre landete, und die Zwei betraten das Land. Am
Abend kamen sie zu einem schwarzen Bach, wo eine kleine
Brücke, über welche eine kleine, reparaturbedürftige Brü-
cke den Ubergang zu gewährleisten schien. Da es schon
dunkel wurde, zündeten sie am Bach zwischen einigen
Felsen und ein paar Birken ein Feuer und legten sich zum
Schlaf. Die Nacht verlief ruhig, es war ziemlich warm für
diese Jahreszeit, da schon Ende November war, am Him-
mel schien das Sternenmeer, der Mond leuchtete.
Als sie erwachten, stand schon die Sonne hoch auf
dem Himmel. Am Morgen bereiteten sie das Frühstück
von dem, was sie mithatten, und gingen singend los. Den
Übergang des Baches schafften sie mit einigem Glück

und bald kamen sie in den Wald hinein. Der Weg ging bergauf, es war dort recht dunkel, ab und zu sahen sie ein Eichhörnchen den Baum hinauf zu klettern, auch Pilze und Ameisenberge begegneten ihnen beiderseits des Weges. Sie wussten nicht mehr, wie lange sie gingen, ihr Zeitbegriff ist irgendwie verlorengegangen, wenn wieder einmal Unerwartetes geschah. Ein hoher, erhabener Greis im schwarzen Mönchskleid ging auf sie langsam zu. Er hatte einen weissen Bart und in seiner rechten Hand hielt er einen Stab. „Grüss Gott," begrüssten ihn Grimold und Heinrich voll Ehrfurcht. „Bis in die Ewigkeit. Amen," antwortete der Mönch. „Seid alle herzlich begrüsst auf meinem Gebiet. Hoffentlich war die Reise für euch nicht zu anstrengend. Oder- ?" blickte er schmunzelnd auf sie. „Ich bin Amor und warte da auf euch. Auf Gottes Geheiss soll ich euch zu Jorinde und Joringel führen. Auf mein Flehen schenkte Er Joringel die blutrote Blume, und Joringel konnte so seine Jorinde aus den Klauen der Hexe retten. Jetzt soll auch Eva geholfen werden. Folgt mir!" Und die kleine Gruppe brach los. „Ehrwürdiger Amor, könnt Ihr mir sagen, wer die Frau im Gasthaus am Fluss war?" wagte Heinrich die Frage. „Ich kann es. Ich wartete eigentlich nur auf deine Frage. Es war meine Kollegin Venezia. Sie ist kein toter Stein, wie es manche glauben. Sie besitzt die seltene Gabe der Bilokation und kann so auf zwei Orten gleichzeitig verweilen. Schön ist sie, Heinrich, nicht war?" „Und die holde Königin?" wollte Grimold wissen. „Sie hiess Wealhtheow und war in ihrer Zeit die schönste Frau auf Erden. Sie kehrt in jeder Generation unbeachtet zurück, und übergibt dem Mädchen, an dessen Wiege sie steht, diese Würde. Diese Frauen tragen einen ähnlichen Namen, wie die Königin.

Wohlgetan und so ähnlich." Der Weg wurde inzwischen schmal, auf beiden Seiten rahmten ihn jetzt hohe Felsen, und die Luft wurde mit jedem Schritt rosafarbiger.

Schliesslich öffnete sich der Steg, und sie befanden sich in einem lieblichen Tal. Zwischen Obsthainen, Feldern und Wiesen standen einige Häuser und Bauernhöfe. Amor war inzwischen schon verschwunden,und eine unbekannte Kraft zog die beiden zu einem der Häuser. Es war ein einfacher Fachwerkbau, das letzte im Tal. Draussen vor der Tür standen ein alter Mann und eine alte Frau, beide schon weisshaarig, es waren offensichtlich Jorinde und Joringel. Sie behielt ihre lieben Züge, er war immer noch munter. Beide empfingen die Gäste herzlich und luden sie in die Stube ein. Auf dem Tisch war schon alles vorbereitet. Überall war die Morgenröte. „Es leben gute Leute hier im Tal," sprach Jorinde, als sie sich gesetzt haben. Gleich nebenan wohnt eine kinderreiche Familie,. Wenzel, Viktor, Sabina und Susanna spielen oft im Freien.Vor ein paar Tagen kam dort das jüngste Kind zur Welt, die kleine Anna, sie hat recht viel gewogen. Ich war als Hebamme dabei." Hinter ihnen wohnt ein Bauer. Seitdem er im vorigen Jahr geheiratet hat, ist es, als ob seine junge Frau den ständigen Frühling in unser Tal gebracht hätte. Bei ihm arbeitet als Magd Klara, sehr, sehr tüchtig ist sie. Auch eine Maus, Annette, sehr lieb und freundlich, lebt dort. Zu uns kommt wiederum jeden Morgen eine Füchsin zu Besuch, springt auf die Bank im Flur und bleibt dort bis etwa fünf Uhr Nachmittag. Sie ist es schon so gewohnt. Wir geben ihr immer etwas zu essen. Dann läuft sie zurück in den Wald. Wir nennen sie kurz Vera. Ihr richtiger Name – Freawaru – bedeutet etwa soviel wie Ihre königliche Hoheit."

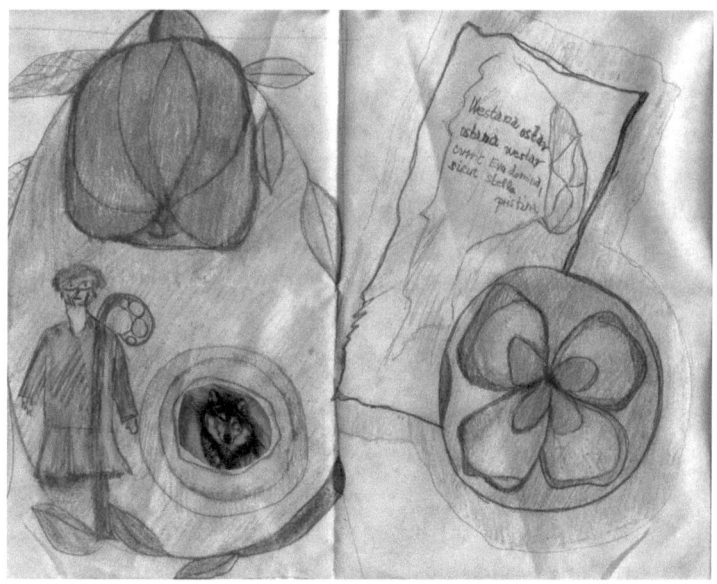

„Kommen wir jetzt auf Eva zurück, die du retten willst,"
mischte sich Joringel ins Gespräch. „Wie mir der heilige
Amor anvertraute, ist sie eigentlich eine karolingische
Prinzessin, des grossen Kaisers Enkelin, die von einer
Hexe in eine Stute verzaubert wurde. Es geschah bei ei-
nem Ausritt in den Wald, und sowohl die Leibwache, als
auch der Imperator selbst konnten dagegen nichts ausrich-
ten. Sie ist zu nahe am Baum gefahren, in welchem die
Hexe wohnte. Weil sie aber selbst als Stute so menschli-
che, weibliche Züge behielt, wurde sie schon immer von
der Bevölkerung Eva genannt. Der Kaiser hat die Sache
natürlich geheimgehalten. Die Kraft der blutroten Blume
ging in unsere Eheringe über. Wir leihen dir, Grimold, die
Ringe.Jorinde nahm ihren Ring vom Finger weg, Joringel
tat das selbe. Nimm sie, Grimold, und viel Glück. Vergiss
nicht, die Liebe ist mächtiger als das Böse,"sprach Joringel.
Grimold übernahm sie und versteckte sie in seine Tasche.
Sein Herz war von Dankbarkeit erfüllt. „Nichts zu danken,"
erwiderten die beiden auf sein Danken. „Trinken wir ein
Glas Wein?" Jorinde füllte die Gläser. Dann erwachten die
beiden erst in der heimatlichen Stube bei Grimold. Seine
Mutter trat gerade hinein, und wie überrascht war sie, dass
sie ihren Sohn sah, und wie verwundert, dass auch ein
Gast bei ihnen übernachtete! Das Staunen wurde bald zur
Freude, und die Freude wollte kein Ende nehmen.Beide
mussten erzählen, was sie erlebt haben, kein Wunder also,
dass der Tag für alle schnell vorüber war. Am andern Tag
waren die Nachbarn an der Reihe, von denen die meisten
nie ausserhalb des Dorfes waren. Sie waren sehr neugierig
darauf, wie es dem dummen – er sprach nie viel, und so
entstand die allgemeine Meinung über ihn – in der Welt

erging. Am Abend wurde getanzt. Am dritten Tag erinnerte ihn Heinrich daran, dass er vielleicht schon Eva von ihrer Verzauberung befreien sollte. Unser Held war der Idee geneigt, doch die Schultheissin wollte von einem weiteren gefährlichen Unternehmen nichts wissen. Am Nachmittag kamen plötzlich zwei schneeweise Adler über den Hof herbeigeflogen, der eine gross, der andere etwas kleiner, sie winkten mächtig mit ihren Flügeln, davon entstand ein starker Wind, und sobald sie weg waren, kam ein Gehagel, merkwürdigerweise nur über des Schultheissen Gehöft. Grimold wurde bleich, da er sah, dass die Zeit der Entscheidung gekommen war. Da leuchtete etwas. Drei Greise im orientalen Gewand standen im Zimmer. Sie sahen den drei Königen vom Seitenaltar der Dorfkirche ähnlich. Einer von ihnen hatte schwarze Haut. „Sprich du, Balthasar, du bist älter,“ murmelte der mit dem weissen Bart. „Also, Grimold, wie du siehst, die Lage ist ernst. Wir möchten dir helfen. Hier hast du einen Spiegel.“ Er reichte ihm einen kleinen Spiegel. „Es ist kein herkömmlicher Spiegel. Du kannst darin dein Herz sehen. Wenn es rot ist, ist gut, wenn aber rosa, grau, geschweige denn schwarz, ist die Lage ernst. Geh zum Urquell in den Wäldern, dort weilt Eva in diesen Tagen. Auf Wiedersehen im Himmel!“ Die Könige verschwanden, der Schultheiss kam. „Grimold, unser Dach ist kaputt! Solcher Schaden, solcher Schaden! Solcher Schaden, solcher Schaden!“ Und weil er es mehrere Monate jedermann erzählte, wurde er letztlich mit dem Spitznamen Schaden bedacht, welches sich dann auf Grimold und weitere Nachkommen übertrug. Sobald der Vater gegangen war, machten sich unsere zwei Freunde auf den Weg. Vom Urquell wusste Grimold nur vom Hören, es war eine Stelle im tiefsten Wald. „Maria, Kaspar, Melichar, Balthasar. Maria, Kaspar, Melichar, Balthasar,"beteten beide inwendig. Endlich war es soweit, und sie gelangten zum Urquell. Grimold schaute auf den Spiegel. Er war blutrot. Eva kam herbeigelaufen, und schaute mit ihren grossen sprechenden Augen auf ihn: „Grimold, tust du es?"

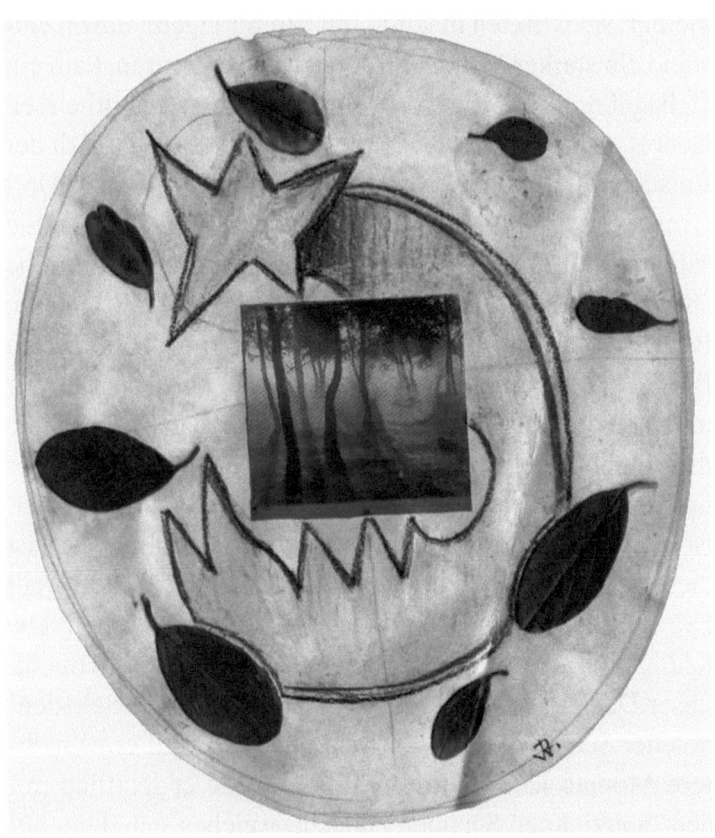

„Maria, Kaspar, Melichar, Balthasar." Er hob die Ringe aus ihrem Versteck und berührte Eva damit., mit zitternder Hand. Die Stute wurde im Nu zu einer schönen jungen Frau und dankte ihm aus ganzem Herzen für ihre Befreiung von der Verzauberung. Sobald sie den Wald verlassen haben, da kamen zwei schneeweise Tauben herbeigeflogen, Grimold wusste schon, wer es sei, sie holten von ihm die Eheringe und flogen davon. Es sollte nicht lange dauern, und in Buchholz wurde eine grosse Hochzeit gefeiert. Auch der Graf mit der Gräfin waren anwesend. Ebenso der heilige Amor, nur gesehen werden konnte er bloss von den Brautleuten und Heinrich.

„Ich bin euch noch eine Erklärung schuldig," sprach Amor nach der Trauung. „Wie ihr wisst, ist unser Herr für uns gestorben, nach drei Tagen auferstanden und nach vierzig Tagen in den Himmel aufgestiegen. Seine Liebe blieb aber auf Erden und tut Wunder. Es war so bei Joringel und Jorinde, dies war das Wesen der blutroten Blume, die Joringel bekommen hat, um Jorinde zu befreien. Und so ist es auch bei euch. Vergisst es nie!Amen." Das Hochzeitsmahl war köstlich und alle waren glücklich. Am meisten die Brautleute.

„Kann ich einen Wunsch haben?" fragte Eva am nächsten Tag. „Wenn wir einen Sohn haben, könnte er Karl heissen, nach dem Grossvater? Ich liebte den Opa sehr, und er ist schon so lange tot!" Sie weinte fast. „Ja, sicher," antwortete Grimold. Nach einem Jahr sind sie mit ihrem kleinen Karl nach Aachen gefahren, zur Grabstätte des grossen Kaisers.

Heinrich folgte seiner Venezia und zog nach Venedig über.

Jiří Sláma

Jorinda a Joringel II.

ilustrace: Jitka Hejduková

obálka: Petra Holcakova

Brána se otevírá

Bylo mi asi pět let, když mě jednou pohladil v naší katedrále cestou k oltáři biskup Josef Hlouch. (Nepamatuji se na to, pověděla mi to maminka.) Pan biskup zemřel o rok později v pověsti svatosti. Kardinál Meisner o něm v jednom rozhovoru řekl, že to byl služebník Boží. (Na rozhovor s ním 12. září 1987 před katedrálou svaté Hedviky v Berlíně se pamatuji naopak velice dobře.)

Vkládání rukou je součástí kněžského svěcení. O to v tomto případě nešlo, ale... Všechno v životě má nějaký smysl. Natož něco takového! Odvozuji od toho své psaní.

Nebo to tak není? V každém případě, tak či tak, Jorinda, Joringel, krásná Venezia, svatý Amor, pěvec Jindřich a mnozí další se už na Vás, milé čtenářky a čtenáři, těší. Chtějí se s vámi podělit o to, co se jim, věřte nebo nevěřte, přihodilo.

„...until we help him...“
„...dokud mu nepomůžeme...“
Seamus Heaney:Lightenings–VIII
(Seeing Things1991)

V lesích kolem zámku pobíhala od nepaměti tajemná bílá kobylka. Měla krásné mluvící oči s podivně lidským pohledem. Lidé říkali Eva. Každému, kdo ji jednou potkal bylo tak krásně u srdce, že už by s ní nejraději zůstal. Ale ona vždy zase odběhla. Vyhledávala lidi, ale bylo to, jako by se za něco styděla. Byla pro všechny hádankou. Blízko zámku ležela Bukovina, jejíhož rychtáře Josefa pojilo s hrabětem hluboké přátelství. Josef byl člověkem velké životní moudrosti a přirozené inteligence, a hrabě s ním rád mluvíval.

Hrabě se u rychtáře zastavoval, když projížděl vsí, a před každým posvícením posílala rychtářka na hrad koláče. Ráno pak přijely kočáry, v jednom pan hrabě, v druhém paní hraběnka. Po obědě si pohovořila paní hraběnka s paní rychtářkou ve vedlejší světnici, pak se pan hrabě posadil k pianu, hrál a zpíval. Vyzval hraběnku k tanci, sám začal hrát na klavíru menuet a rychtář se točil s hraběnkou Eleonorou po světnici. Potom došlo k výměně, rychtář hrál a hrabě se vznášel po pokoji s rychtářkou.

Bylo tomu tak i tentokrát. Po tanci si společnost sedla ke stolu. Probírali to i ono, úrodu, počasí, politiku, až došlo na Evu. „Lidé říkají, že pan knihovník Hildigern objevil zmínku o ní v hradní knihovně," začal rychtář. „Máte pravdu," zareagoval hrabě. „Na kraji stránky jednoho dosti starého rukopisu, jehož originál pochází od jistého Einharda a který vypráví o životě velkého císaře Karla, našel můj přítel Hildigern před několika dny zajímavou poznámku. Jedná se bez pochyby o zmíněnou bytost. První verše jsou ve staré němčině, zbytek je latinsky. Napíšu vám to. „Jean! Kus papíru a pero!"

Westana ostar
ostana westar
currit Eva domina
sicut stella pristina

„Ze západu na východ, z východu na západ běhá Eva jako dávná hvězdo" Procházeli jsme se zrovna s preceptorem na konci aleje, tam kde už začíná les. Chudák Hildigern se polekal a chtěl ji odehnat. Měla tolik světla v těch krásných očích!po chvíli se obrátila, pohodila smutně hlavou a odběhla do lesa. Když jsem Hildigerna káral, hájil se tím, že koně mohou člověku i ublížit, císaře Karla dokonce jeden shodil na zem. Zapomněl ale dodat, že tehdy letěla kolem kometa. „To by byl kůň pro naši Henriettu," prohodila hraběnka. „Kdoví, kdo to vlastně je, Eleonoro, není radno zahrávat si s takovými věcmi," pokáral ji hrabě. Ozval se Grimold, dosud mlčící rychtářův syn. A dosti hlasitě. „Je to zakletá princezna a já ji osvobodím!" Všichni se usmívali, kroutili hlavami a paní hraběnka poznamenala: „Pozoruhodné!" To už ale zadrnčela kola kočárů a milostivá vrchnost se vrátila na zámek. Zanedlouho už všichni ve vsi i na zámku klidně spali, až na Grimolda. Ten usnul až k ránu.

Ráno se odehrála v blízkosti Petersburgu následující scéna. Přijíždí člověk na oslu. Je mu něco přes čtyřicet a má očividně dobrou náladu. Prozpěvuje si starou milostnou píseň. Nezneklidňuje nikoho, a už vůbec ne lidi na zámku, kteří o něm zatím nevědí. Jenom dvě divoké kachny u řeky zpozorní, jakmile se k nim přiblíží. Jsou to, abychom se vyjádřili přesně, kachna s kačerem. Najednou se kachna zvedne, přiletí ažna krok před osla, a upustí na zem větvičku lísky s jen jedním lískovým ořechem. Osel zůstane stát a je na člověku, aby se s incidentem vypořádal. Potulný pěvec Heinrich seskočí, zvedne větévku a ukryje ji do kapsy. Netrvalo dlouho a dorazil k zámku. Po dotazování, kdo je a proč přijíždí, které pro něho dopadlo

příznivě, je mu vykázán příbytek a vysloveno pozvání k obědu do velké zámecké jídelny,kde bude mít možnost, jak mu nechal výslovně vzkázat hrabě, ukázat co umí. Hrabě, hraběnka, malá Henrietta, správce panství, knihovník, sluhové, služky, všichni až do posledního kuchtíka se shromáždili ve velké jídelně. Jídlo bylo velmi chutné.poté, co všichni dojedli,vyzval hrabě František básníka, aby předvedl přítomným své umění. Sklidil nakonec velký potlesk. „Někoho takového jsme tu už dávno neměli. Zůstaň, jak dlouho budeš chtít," ocenil jeho výkon hrabě. Po zpěvu, u hraběcího stolu, kam se směl přestěhovat, při víně, rozlouskl pěvec ořech, který mu přinesla divoká kachna. Ale jaké bylo jeho překvapení! Nebyl to totiž obyčejný ořech, ale ořech se vzkazem. Od koho, to mělo ještě nějaký čas zůstat tajemstvím. Uprostřed, na modrém hedvábném šátku,se skvěl červený nápis:

Sicut stella pellegrina,
sicut stella dies natalis.
Si eam liberare vis,
novem dies is.

Po zevrubném studiu ho stařičký Hildigern přečetl a přeložil: „Jako putující hvězda, jako hvězda vánoční. Chceš – li ji osvobodit, půjdeš devět dní." „To je určitě pro Grimolda. Vždyt' přece včera na posvícení slíbil, že Evu osvobodí," řekla Henrietta. „Povím mu to!" Udělala to hned odpoledne během vyjížďky s rodiči.V noci nemohl chlapec spát. I když byly ty zprávy tak mlhavé a nejasné, postupně v něm dozrávalo niterné rozhodnutí, postavit se k této výzvě čelem a snažit se obstát se ctí.

Časně zrána, se vydal rychtářův syn na cestu,bez otcova vědomí a s požehnáním od matky.Šel, kam ho nohy nesly, spevnou důvěrou, že milý Pán Bůh jeho kroky povede, tak jako tomu bylo ostatně vždycky.Ráno bylo svěží, vál mírný vítr a obloha byla ještě oblečená do červánků. Během dopoledne se obloha oblékla do modrých šatů, les a louky voněly, skřivánek zpíval svou písničku. „Hej, nechceš se svézt?" Nakláněl se k němu sedlák z vozu. „Jedeme na trh, vzadu je ještě místo." Grimold si mohl povídat se selkou a s děvečkou, cesta rychle ubíhala a kolem poledního přijeli do městečka, kde se jarmark konal. Pomohl jim při vykládání zboží, potom se vydal na procházku městem, kde doposud nikdy nebyl. V poledne zašel Grimold na oběd do místního hostince, v místnosti bylo tolik lidí a halasu, že téměř nebylo rozumět, co mu hostinský nabízí na výběr. Objednal si pečené kuře s chlebem a se zelím, k tomu kvasnicové pivo. Oběd byl velmi chutný. Po jídlo přemýšlel o své cestě. Myšlení bolí, a tentokrát to bylo zvlášť znát. Z úzkostného přemítání ho vyburcoval veselý hlas. Vzhlédl. Před ním stál asi čtyřicátník, podle mandolíny v cestovním vaku umělec na cestách. „Buď zdráv, Grimolde! Máš tu pro mě místo?" „Jistě. Vy mě znáte?" „Jen z vyprávění. Dozvěděl jsem se o tvojí cestě na zámku, a nedalo mi, abych se za tebou nevypravil. Jmenuji se Jindřich a rád bych šel s tebou, pokud mi to dovolíš. Mám zkušenosti z cest, třeba ti mohu být užitečný. Dále už šli spolu. Pěvec zpíval za doprovodu mandolíny své písně, a byl za to bohatě odměňován. Oba měli tak dostatek peněz na jídlo. K večeru, když se stmívalo, přišli právě k jednomu statku. Hospodář jim přidělil místo na nocleh ve chlévě, ale i za to mu byli oba vděčni.

Po nepohodlném noclehu u sedláka byli celí rozlámaní a tak toho ten den mnoho neušli. Cítili, že si potřebují pořádně odpočinout. Přišli do malého města a přišlo jim velmi vhod, když jim jedna paní, která se s nimi dala v obchodě do řeči, nabídla nocleh. Paní, která nedávno ovdověla, byla velmi hovorná a vyprávěla jim příběh své rodiny. Ocitli se tak rázem v domě hrdiny.

Její tchán pocházel z daleké země a byl šlechtického původu. V důsledku bouřlivých událostí, které se v jeho zemi odehrály, musel svou vlast opustit a usadil se v cizině. Často prý zpíval tklivou píseň o cestách, o té do neznáma, o smutku a mlze před sebou. Po čase, když byla jeho nová vlast napadena nepřáteli a jejich domácími pomahači, se zapojil do ozbrojeného boje proti vetřelcům a zaplatil za to zraněním a několikaletým žalářem. Po porážce nepřátel se mohl znovu vrátit ke své práci. V bytě visely krásné snové obrazy, které namaloval, a vlídná hostitelka jim ukázala i místo ve zdi, kudy se vcházelo do tchánova pokoje. Po jeho smrti odstoupili tu místnost sousedům. Byt by byl pro ně příliš velký.

Městem protékala široká řeka, která se den cesty směrem na jih vlévala do ještě širší. Paní jim vyprávěla, že když se o ni manžel ucházel, ona nebyla zvyklá přijímat od mužů květiny. Když kytici odmítla, hodil ji do řeky. „Třeba si tu kytku vzala vodní víla," prohodil Jindřich. Hostitelka se na něj káravě podívala.

Zůstali u ní ještě pět dní, a rádi by zůstali i déle, ale věděli, že to není možné. Úkol, který na sebe vzali, nepočká. A tak se vydali na cestu. Po levé straně minuli zříceninu hradu, kde prý před několika desetiletími hledal sedlák poklad. Nic nenašel, a na pokrytí mzdy dělníků musel prodat osla. Zahlédli ještě vysoké hory, tak vysoké, že se na jejich vrcholech bělal sníh. Pak už se jejich cesta stočila k jihu.

Potkali potulného pěvce, a Jindřich zpíval tři hodiny své písně jemu, a on tři hodiny pro Jindřicha. Cizí bard zpíval o krásné královně z dávných časů, zpíval o městě na vodě, nad které krásnějšího není a o milencích na lodičkách v jeho lagunách. Poslední píseň zazpíval o králi Hengistovi, vůdci kmenů, které kdysi obsadili veliký ostrov v západním moři. „Kde jste to slyšel? " nedalo Grimoldovi. „Už ani sám nevím. Líbí se vám? "

Jejich cesty se pak rozešly. Grimold s Jindřichem šli teď nížinou a cesta jim rychle ubíhala. Cítili se šťastní a silní. V malém občerstvení u cesty nabízel prodavač čerstvé ryby, řeka už nebyla daleko, ještě jeden odpočinek v hájku u cesty, a již z kopce spatřili silný a dravý proud veletoku. Od převozu přímo pod kopcem právě odplouval k druhému břehu prám. U přístaviště stála chalupa, z komína se kouřilo a nad dveřmi lákal příchozí vývěsní štít.

U Sieglindy

Hostinský stál přede dveřmi a vyhlížel hosty. Hned k nim běžel a zval jedá. Grimolda a Jindřicha nebylo třeba přemlouvat, pořádně jim už od vyhládlo. „Sieglindo, máme hosty!" volal krčmář. Vešli dovnitř. Brzy se mělo ukázat, že jsou někým očekáváni.

Pootevřenými dveřmi viděli do kuchyně. V ohništi uprostřed planul oheň a nad ním se na širokých kamenných deskách pekly ryby. Přišel hostinský a ptal se, co si panstvo přeje. Velký výběr nebyl, jen ryby, chléb, brambory a nějaká zelenina. Grimold si objednal pečenou rybu, Heinrich jen pečené brambory. K tomu oba pivo. Slyšeli, jak to hostinský říká své ženě a jak se hostinská dává do práce. Nemohli ji ale vidět, protože hostinský za sebou zavřel dveře. Za chvíli přišla a přinesla jim jídlo. Tedy – Grimold s Jindřichem si mysleli, že to je ona. Vysoká štíhlá půvabná žena, která jako by do tohoto prostředí ani nepatřila. Plavé vlasy měla spletené do drdolu. Šaty měla celé bílé, a jako by celá zářila. Její boty měly tvar velmi podobný lodím. Popřála oběma našim pocestným dobrou chuť, a rychle odešla.

Zvláštní bylo, že ne do kuchyně, ale ven, k řece. „Asi má ještě venku něco na práci," dal se Grimold do jídla. „Všiml sis, jak je krásná? Takovou hledám!" pronesl potulný umělec. A pustil se také do jídla. „Člověče, tady něco je!“ zvolal náhle rychtářův syn. V ruce držel růžové pouzdro ve tvaru květiny. Jindřich je vzal do rukou a otevřel. „Kus pergamenu. Pokusím se přečíst, co tam stojí.“ Jenže na to mu už nezbyl čas. Z kuchyně přinesl krčmář objednané jídlo. Když viděl, že už jedí, spustil lamentaci, že jídlo, které mají s sebou, měli sníst jinde. Přišla i hostinská, celá od kouře, a připojila se k manželovi. Heinrich situaci zachránil tím, že slíbil, že jejich jídlo jistě snědí také a ještě k tomu objednávají džbán vína. Teprve pak se krčmář s krčmářkou uklidnili. „Kdo to jen mohl být,“ mumlal Grimold, když už byli venku. „Taky by mě to zajímalo,“ připojil se Jindřich. Vstoupili na prám, který se zrovna chystal odplout. Až vprostřed řeky si zase vzpomněli na pouzdro. Na tom malém kousku pergamenu stálo:

In valle amoris,
anuli aurorae
Evae equae salus,
ex Solis rore.

„´V údolí lásky prsteny z červánků kobylky Evy jsou záchrana, z rosy Slunce.´ To je něco, to bude napínavé!“ žasl Grimold. Jindřich byl v myšlenkách ještě u krásné

neznámé. „Kdo to jen může být", přemýšlel nahlas.Musím
se s ní znovu setkat. Stane se mou Múzou." Prám přistál a
naši známí vystoupili na břeh.Bylo krásné počasí a šli líbez-
nou krajinou. Potůčky, louky, skupiny stromů. Ptáci zpívali,
motýli poletovali. Poobědvali ze zásob a večer přišli k černé
říčce, přes kterou vedla chatrná lávka. Za ní se zdvíhalo ne-
vysoké zalesněné pohoří. Mezi skalami a břízami rozdělali
oheň, něco pojedli a pak se uložili ke spánku. Když se pro-
budili, stálo již slunce vysoko na obloze. Po skromné snídani
se vydali na cestu. Vyklající se lávku přešli jen s velikou
opatrností. Vstoupili do lesa. Byl temný a cesta neustále
stoupala. Po obou stranách cesty rostly houby, nacházelo se
tam mnoho mravenišťa občas spatřili veverku, jak šplhá na
strom. Už ani nevěděli, jak dlouho jdou, ztratili pojem času,
když tu se přihodilo něco, co nečekali. Proti nim pomalu
kráčel důstojný stařec v černém mnišském hábitu a pomalu
se k nim blížil. Měl bílý vous a opíral se o berlu.

„Pozdrav Pán Bůh," pozdravili oba plni bázně. „Až na věky. Amen. Čekám tu na vás. Doufám, že cesta nebyla příliš obtížná. Jmenuji se Amor a na Boží příkaz vás zavedu k Joringelovi a Jorindě. Na mou přímluvu mu Bůh seslal květinu rudou jako krev, a on tak mohl zachránit svou nevěstu z drápů čarodějnice. Teď má být pomoženo i Evě. Pojď me. Skupinka se vydala na cestu. Byli už tři. „Ctihodný Amore, můžete mi říci, kdo byla ta žena v hostinci u řeky?" zeptal se po chvíli zamyšlený Jindřich. „Mohu. Čekal jsem jen, až se na ni zeptáš. Byla to Venezia. Benátky nejsou mrtvý kámen, jak si mnozí myslí. Benátky jsou živé. Mají vzácný dar bilokace a mohou tak pobývat na dvou místech současně. „Byla krásná, že?" podíval se významně na básníka. Jindřich neodpověděl. „A ta vznešená královna?" zajímalo Grimolda. „Jmenuje se Wealhtheow a byla ve své době nejkrásnější ženou na světě. Vrací se nepozorována v každé generaci a předává děvčeti, u jehož kolébky stojí, tuto důstojnost. Ty ženy se jmenují podobně jako královna, například Wohlgetan."Cesta se mezitím stala užší, z obou stran ji lemovaly vysoké skály, a vzduch byl stále růžovější a růžovější.

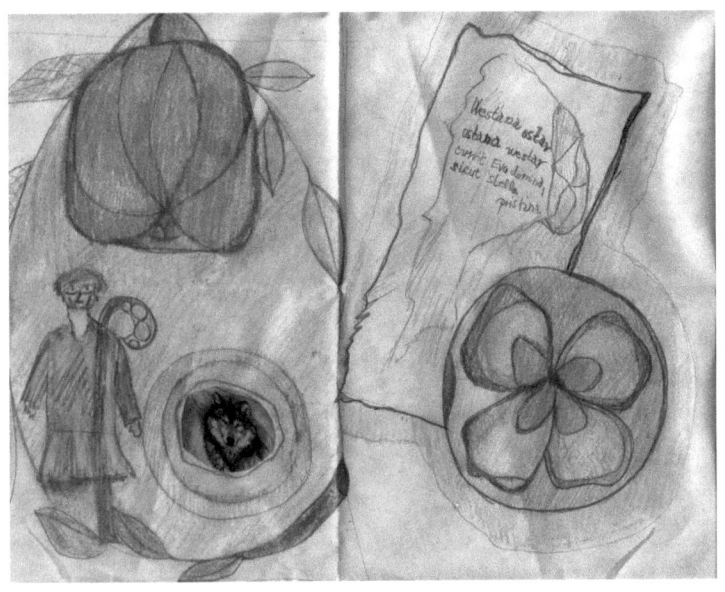

Vstoupili do údolí, kde mezi ovocnými hájky, loukami a poli stálo několik stavení. Amor zmizel bez rozloučení, a jakási síla je táhla k jednomu z domů. Byl to prostý hrázděný dům, poslední v údolí. Na prahu stáli stařeček se stařenkou, oba už s bílými vlasy, jistě to byli Joringel a Jorinda. Usmívali se na příchozí a hned je zvali dál do prostě, ale čistě zařízené světnice. Na stole už bylo vše připraveno. Vzduch měl růžovou barvu, jako by v místnosti byly červánky. „Žijí zde dobří lidé, Grimolde. Hned vedle nás bydlí rodina s mnoha dětmi. Václav, Viktor, Sabina a Zuzanka si často hrají venku a zacházejí i k nám. Na svatého Havla tam přišlo na svět nejmladší dítě, Anička. Sedlák, který bydlí za nimi se loni na svátek svatého Amora oženil, a s jeho paní jako by sem přišlo stálé jaro. Pracuje u nich Klára, svědomitá dívka. Vidíš tu lavici?" ukázal stařeček. „Každý den k nám chodí jedna liška z lesa, hezká, ušlechtilá, říkáme jí Věra, ale její pravé jméno je Freawaru a znamená něco jako Její královská Výsost. Vyskočí vždy na lavici v předsíni, a sleze dolů až večer. Dáme jí pokaždé najíst. Máme ji rádi, a ona nás." „Vrať me se ted' k tvé Evě," zapojila se do hovoru Jorinda. „Jak nám prozradil svatý Amor, Eva je karolinská princezna, vnučka Karla Velikého. Zlá čarodějnice ji zaklela do koně, když se jednou na projížd´ce s dědečkem přiblížila příliš blízko ke stromu, v němž vědma bydlí. Princezně nemohla pomoci její tělesná stráž, a ani císař sám. Protože si uchovala velmi lidské rysy, obyvatelstvo ji od těch časů, i když neví, kdo to vlastně je, nazývá Evou. Dvůr tu událost z pochopitelných důvodů utajil. Síla té květiny rudé jako krev, s pomocí níž mě Joringel osvobodil, přešla do našich snubních prstenů. Půjčíme ti je." Jorinda sňala svůj prsten z ruky a Joringel udělal to samé. „Vezmi si je, Grimolde, a nezapomeň, že láska je mocnější než zlo." Když chlapec uposlechl, nalila stařenka do číší víno. „Nenapijeme se na to?"

A pak se oba probudili až u Grimolda v jeho rodném stavení. Rychtářka právě vstupovala do místnosti, a jaké bylo její překvapení, že vidí syna, a jaký její údiv, že mají hosta! Obojí se brzy změnilo v radost, a ta nechtěla ustat. Matka je obsluhovala a museli vyprávět vše, co prožili. Není divu, že den všem rychle utekl. Druhý den se dostali na řadu sousedé. Většina z nich nebyla nikdy dál, než kousek za vsí, a tak chtěli slyšet, jak to ve světě vypadá. Večer se konala tancovačka.Třetí den si Jindřich vzpomněl, že je čas, aby Grimold šel princeznu osvobodit. Ten souhlasil, ale matka o tom nechtěla ani slyšet. „Na to je dost času, může to být nebezpečné. Zatím si přes zimu odpočiň, a na jaře se uvidí." A pak už to šlo ráz na ráz. Sotva matka zavřela dveře, přiletěli nade dvůr dva sněhobílí orli, jeden větší, druhý menší,orel a orlice. Mohutně máchali křídly, od toho se strhl veliký vítr, a pak začaly padat kroupy, velké jako holubí vejce. Chlapec zbledl, začalo mu být jasné, že čas rozhodnutí nadešel. V místnosti se zablesklo a kde se vzali, tu se vzali, stáli před nimi tři starci v orientálním rouchu, s turbany na hlavách. „Mluv ty, Balthasare, jsi starší," zamumlal jeden z nich. „Milý Grimolde, sám vidíš, že situace je vážná. Chceme ti pomoci. Tady máš zrcátko. Není to ledajaké zrcátko. Když se do něj podíváš, uvidíš stav svého srdce. Bude – li zabarveno do červena, je to dobré, jakmile zešedne nebo dokonce zčerná, je to na pováženou. Jdi bez meškání k prazdroji uprostřed lesů, tam Evu najdeš. Na shledanou v nebi." Zjevení zmizelo. Přiběhl rychtář. „Grimolde, naše střecha je zničená. Taková škoda, taková škoda! Taková škoda, taková škoda!" A protože to potom každému na potkání vypravoval, neřekl mu brzy nikdo jinak, než Škoda, a to už jemu i jeho potomkům zůstalo.

Grimold a Jindřich se vydali k prazdroji. Rychtářův syn o něm dosud pouze slyšel, byla to studánka v nejhlubším lese.„Maria,Kašpar, Melichar, Balthasar. Maria,Kašpar, Melichar,Balthasar," modlili se oba vroucně. Konečně byli na místě. Grimold se podíval do zrcátka, bylo rudé. Z čista jasna se před nimi objevila Eva a upřeně se na něho dívala: „Grimolde, uděláš to?" Sáhl do kapsy pro prsteny, vyndal je a pevnou rukou se jimi dotkl její šíje.Kobylka se změnila v krásnou mladou ženu a děkovala mu v slzách za své vysvobození. Sotva vyšli ven z lesa, přiletěli dva sněhobílí holoubci, holub a holubička, Grimold už věděl, s kým má tu čest, každý si vzal od rychtářova syna jsvůj prsten, a letěli pryč. Brzy se konala slavná svatba, zúčastnil se jí i svatý Amor, ale viděli ho jen ženich, nevěsta a Jindřich.

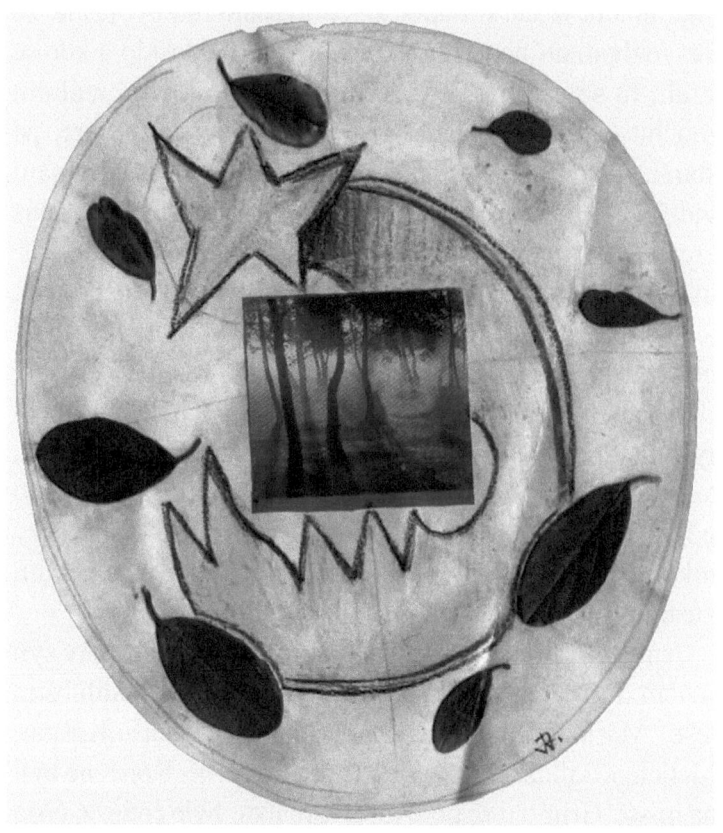

„Ještě bych vám měl něco vysvětlit. Víte, že náš Pán zemřel, vstal z mrtvých a po čtyřiceti dnech vstoupil na nebesa. Jeho láska zůstává na zemi a koná divy. To byla ta krvavě rudá květina, která zachránila Jorindu. Ježíšova láska pomohla i vám. Važte si toho. Blíží se velikonoce, dobře se na ně připravte. Na shledanou v nebi."

„Můžu si něco přát?" zeptala se novomanželka po svatební noci. „Jistě,lásko," odpověděl jí Grimold. „Když to bude kluk, může se jmenovat Karel? Měla jsem dědečka moc ráda." „Samozřejmě," souhlasil novomanžel. Za rok se jim narodil chlapec, a jak jen to bylo možné, vydali se s ním do Cách, k císařovu hrobu.

Jindřich zůstal věrný své lásce Venezii a odstěhoval se do Benátek.